U0535382

大作家写给小读者

黑鲨洋

张炜 著　老墨 绘

人民文学出版社

图书在版编目(CIP)数据

黑鲨洋/张炜著；老墨绘.—北京：人民文学出版社，2017
（大作家写给小读者）
ISBN 978-7-02-012740-5

Ⅰ.①黑… Ⅱ.①张… ②老… Ⅲ.①短篇小说-小说集-中国-当代 Ⅳ.①I247.7

中国版本图书馆CIP数据核字(2017)第093221号

责任编辑　卜艳冰　尚飞　杜晗
装帧设计　汪佳诗

出版发行　人民文学出版社
社　　址　北京市朝内大街166号
邮政编码　100705
网　　址　http://www.rw-cn.com

印　　制　上海盛通时代印刷有限公司
经　　销　全国新华书店等

字　　数　30千字
开　　本　890毫米×1240毫米　1/32
印　　张　2.5
版　　次　2018年2月北京第1版
印　　次　2018年2月第1次印刷

书　　号　978-7-02-012740-5
定　　价　29.00元

如有印装质量问题，请与本社图书销售中心调换。电话：010－65233595

一

　　老七叔新搞了一条船，请曹莽入伙打鱼去。曹莽正犹豫。

　　这时候正是初秋，天还很热，曹莽穿了条裤衩，露出了两条圆圆的、黑红色的长腿。他今年十九岁，脸庞很粗糙，也是黑红的颜色。他不怎么说话，这使人觉得他的所有憨劲儿全憋到两条腿的肌肉里去了。这的确是两条诱人的腿。老七叔看重的可能就是这两条腿。

　　老七叔敢做大事情，有时甚至让人觉得他莽撞。可是每样事情做过之后，细想一想，又觉得他非常精明，事先将一切都冷静地打算过了。所

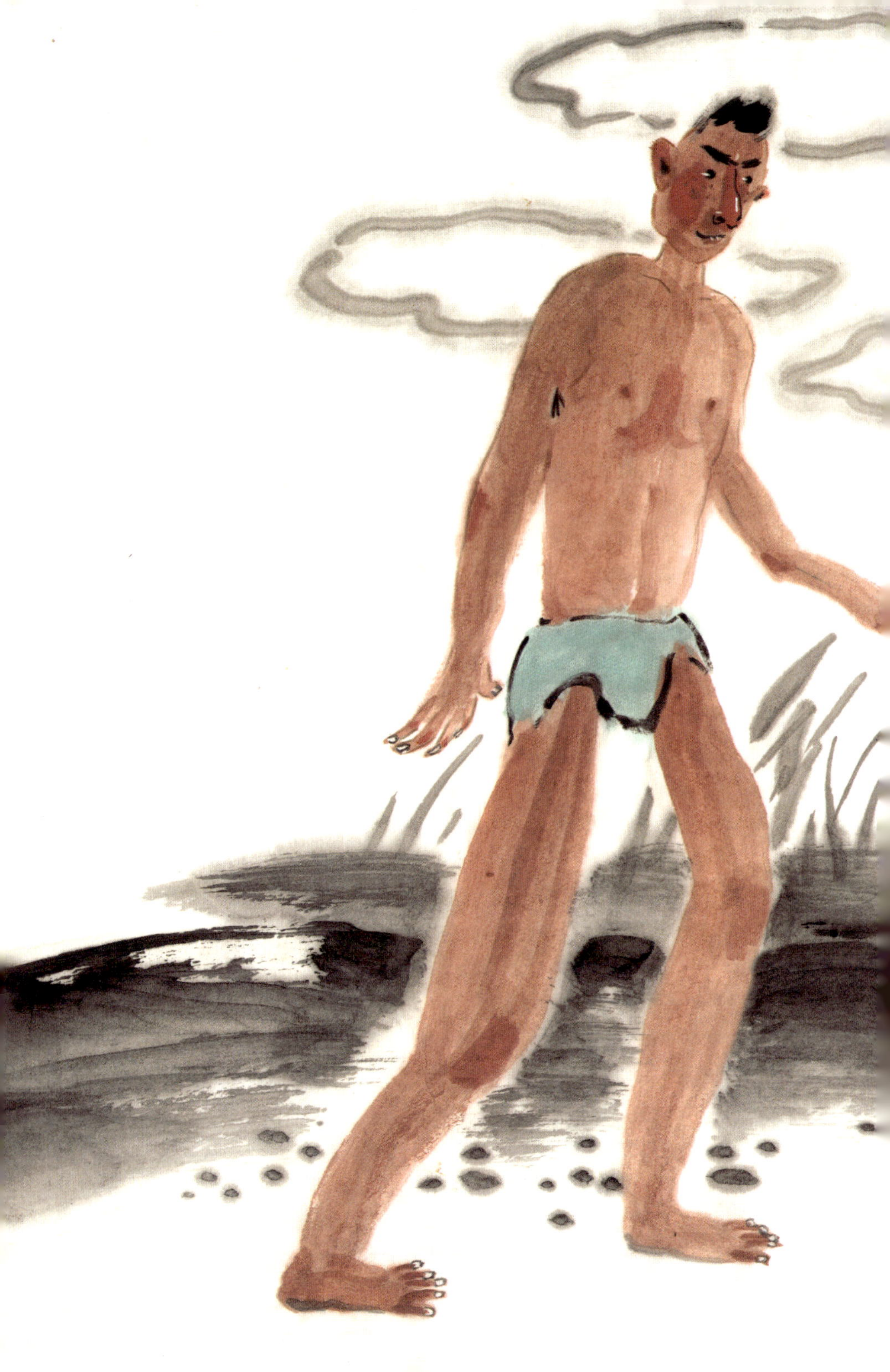

以他从来不失败。

但是对于他新搞的这条船,大家都在议论,结论是老七叔必定要失败。

为买这条船他花去了几千元,加上必需的一些网具,特别是造价昂贵的一盘"袖网",他一共花去了近万元,其中一大部分是借贷来的。袖网可是捕鱼的好东西!它栽到海流里,就好比筑了一座迷宫,等着逮大鱼吧!不过一个人携带着这么多钱到波涛汹涌的海里去,还是有说不出的危险。最要紧的是,他搞的是海边上十几年来的第一条船!

以前当然有很多船的,都是公社里的,打来一些鱼,也死了一些人。海滩平原可以种很好的庄稼,人们偏要执拗地跑到海里去,这常常使上

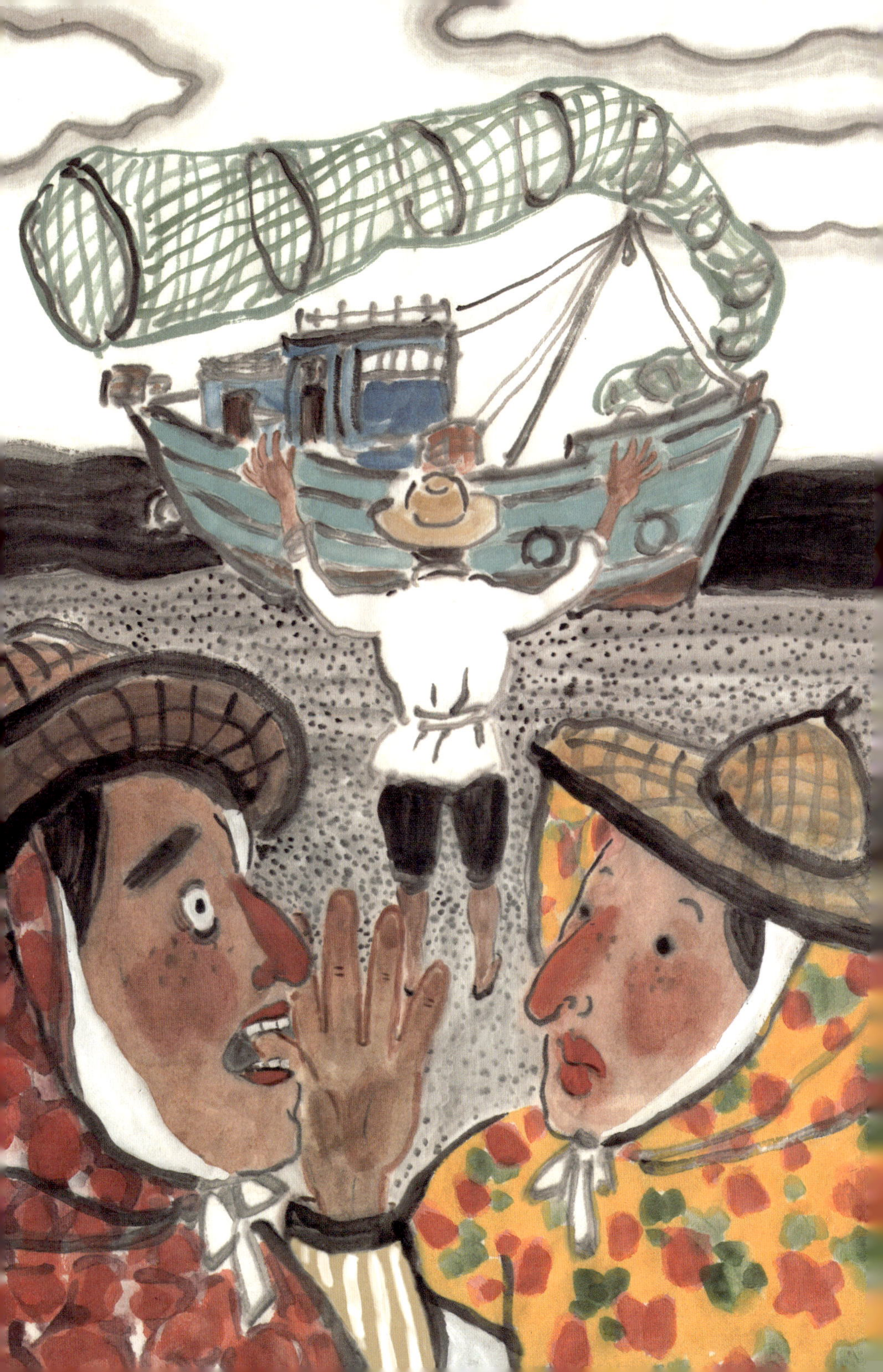

级领导十分愤怒。有一次，捕鱼船在有名的黑鲨洋一带出了事，死了好几个人，其中包括有名的壮汉曹德（曹荞的父亲）。这终于使大家惊醒了。人们发誓再也不去捕鱼了。

近一两年海边人除了种好庄稼，还做起了十分有趣的活儿：将山楂粘了白糖卖；将艾草搓成绳儿卖；沙滩上的酸枣核儿也可以卖钱。但老七叔全不做这些，他买来一条船。

大家的眼睛都默默地注视着他。谁心里都明白，这样一条船老七叔一家可驾不了。老七叔是海上的好手，有两个儿子。可他的两个儿子不行啊，很瘦弱的样子。他必定要请人入伙。每个人都坚定地在心里告诫自己：永不入伙。

他们当时如果知道老七叔是怎么想的，也就

不会那样告诫了。老七叔从来就没有打算过邀请他们。他看中的只是一个人：曹莽。

大家知道之后，都长长地出了一口气。谁入伙上船，谁就要和倒霉的老七叔一块儿背负那上万元的经济重压，一块儿钻海搏浪，很可能还要一块儿去死。曹莽才十九岁啊，他还没娶媳妇，是个又强壮又稚嫩的小伙子呢。这简直是欺负曹莽。

曹莽却不这样想。他不说话，听了人们一些议论，泰然自若地从大街上走回家去。他的黑黑的、裸露的腿显得很有弹性，走着路，脚掌把土碾上一个个深窝儿。他在心里想：老七叔多么看得起我啊。

虽然是这样想，但他并没有立刻答应入伙。

他跟老七叔讲，他要好好想一想。老七叔也没有逼他立刻应允下来，这样重大的事情嘛！曹芬真是个有心计的孩子。回到家里，他躺在炕上，将手掌垫到脑袋下，认真地想着。他一口气想了几个钟头，还是没有想好。

这个夜晚正好是有月亮的日子，屋子里黄蒙蒙的。曹荭有些烦闷地跳下炕来，在屋子中间走着，木头拖鞋"嗒嗒"地打着地面。屋子里真空旷，曹荭想，有个人商量一下也好啊。母亲怎么死的他不记得；父亲死在黑鲨洋乱礁里，死得惨，他还记得。从那时起他一个人住在这座结实的房子里，自己做饭吃了。没有人在闲时和他说话，他一个人也没有多少好说的……上不上船呢？曹荭想，这回可遇到了难题，如果同意，可能这一辈子就交给大海了。

他决定明天找一个人商量一下。

平常曹荭不怎么找这个人。其实曹荭完全应该和这个人亲近起来，只是由于有些怕他，也就不常去他那儿。那人和父亲曹德是最好的朋友，曹德死后，最有资格管教曹荞的，就是他了。

他叫"老葛"，是个老头儿了，前几年刚从水产部门的一条大船上退休回来。他就是那条大船的船长，中了风才回来的。由于一辈子都在海上，脾气和样子都有些特别，所以曹荞心里对他有些莫名其妙的畏惧感。他半边身子不灵便，说话也含混起来。但无论如何他对船、对海，是海边上最有发言权的一个了。还有，曹荞觉得父亲不在了，这时候应该听他的话。如果他说一声"去"，那他无论如何也是要去的了。

天明了，曹荞却陷入了新的犹豫：找不找老葛呢？

最后，曹荞还是去找老葛了。

老船长正在家里看一本书，是躺着看的。曹

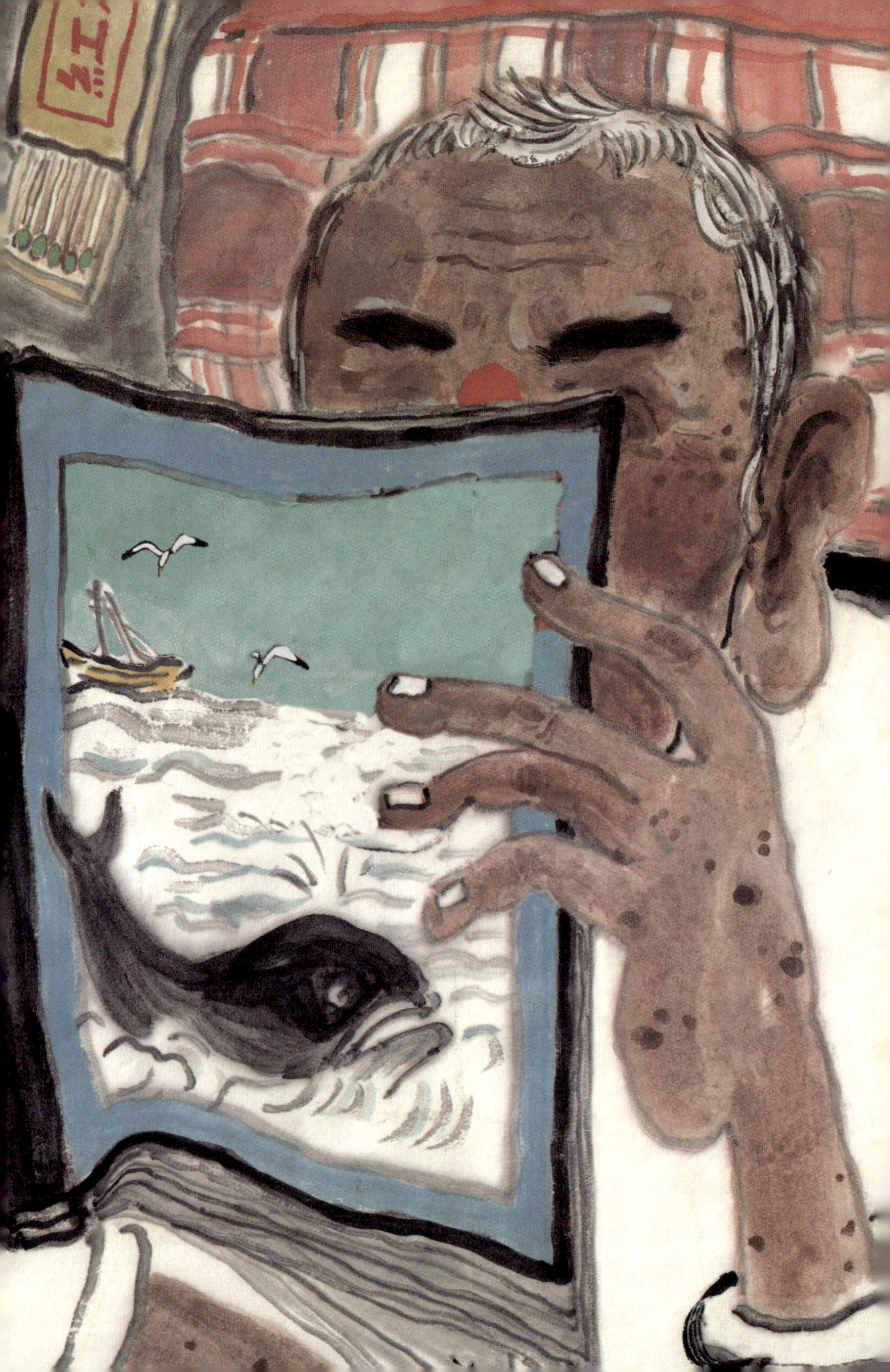

莽看了看书的封皮，知道是一本捕鲸鱼的书。枕边还有一本书，名字太怪，读不出，封面上画着两个壮汉斗拳。老葛就像没有看到来人一样，翻弄几下，又换成那本斗拳的书。曹莽叫一声"葛伯"，他才慢慢坐起来。

老葛很瘦，穿着宽领白衬衫，露着又紫又硬的胸脯。他已经没有多少牙齿了，嘴巴使劲瘪着，反而显得特别执拗。一对眼珠很黄了，但是亮得很，盯着曹莽，就像用锥子戳过来一样。他的背驼得十分厉害了，头低着，这时却硬挺起来看着曹莽。曹莽说："葛伯……老七叔拉我上船……可，可我又怕出事。我想听听你的！……"

"嗟？！"老船长先是用心听着，接着含混不清地大吼了一声。

"老七叔拉我……"曹荠又重复一遍。

"你……"老船长咳嗽起来。他咳得非常厉害，涨得脸色紫红。曹荠离得太近，看得见那脸上的几个伤疤在抖动，就有些害怕地往后退开一步。

老船长咳着，声音更加含混不清。曹荠差不多一句也没有听懂。他愣愣地看着那张瘪嘴里的两颗半截的牙齿。老船长的眼睛一直没有离开过他的眼睛，曹荠被这双锥子似的目光戳得有些难受。好像老人突然生起气来，那胸脯一起一伏，同时大咳。

曹荠什么也听不清，也有些害怕。他脸色红涨着支吾几句，退出了老人的屋子。

他后悔不该来问老船长……海边上，老七叔

和他的两个儿子正围着那条新船。曹苧走过去了。

老七叔热情地招呼着,让他在船舷上坐了。这条船真是新哪,浑身散发着桐油味儿。老七叔的两个儿子光着脊背,低头用油泥塞着一条小缝子。老七叔吸着烟锅说:

"来吧,咱是进海的第一条船。你不用担心……"

曹莽用手抚摸着船舷,没有作声。

"不用再想你爸了,那样的事不会有了。有天气预报,再说船又新,停一年,我们还安上机器。我不骗你!"老七叔盯着曹莽说。

两个瘦瘦的儿子也嚷:"来吧莽兄弟!船、尼龙网,崭新崭新……"

曹莽说:"我还得再想想,好么?"

二

老七叔耐心地等着曹莶上船。他一直睡在海岸上新搭的渔铺里,守着他漂亮的船。村里人来看过他的船,都觉得漂亮,也都觉得是个不祥之物。

曹莶总也没来。老七叔就决意先搁起袖网,和两个儿子到浅海里放放流网。

三个人把船摇到海里。

浅海的水是一种迷人的蓝色,波纹那么柔和。橹打在水上,水沫溅到身上,很舒服。一丝一丝的水草,一群一群的海鸥。海鸥飞过船的上方时,可以看到它们白白的腹。两个儿子很快活,他们

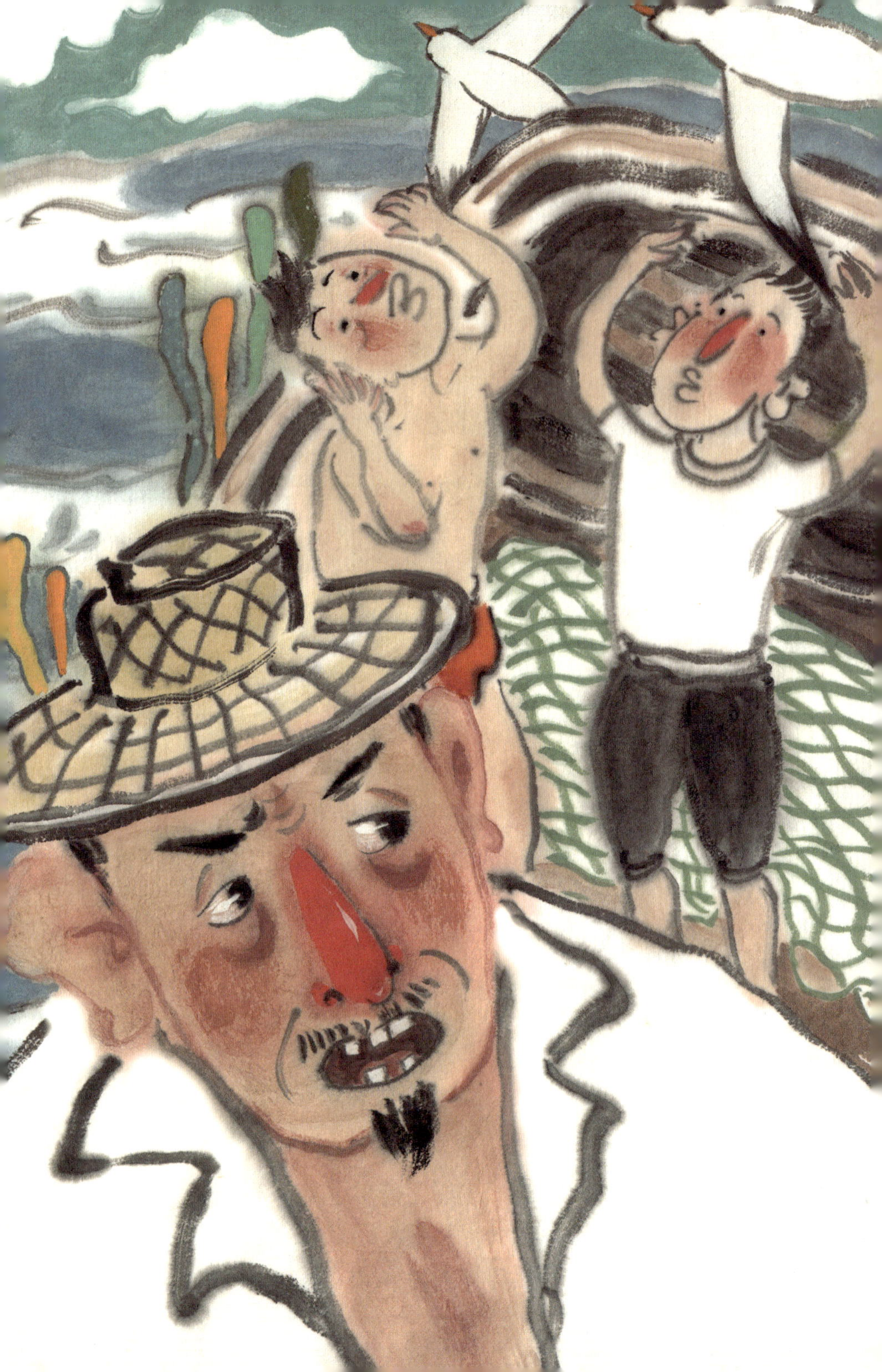

把腮鼓得老大,迎着海鸥吹出呜呜的声音。老七叔很看重第一次出海,但他强压着心底的兴奋。他看到儿子的样子,就有些不高兴。

"下网吧!"老七叔喊。

儿子往下抛网。他用力摇着橹,看着海水在橹梢上打着小小的漩儿,冒出一串很白的小水泡。大海太平静了,像一个人在不怀好意地微笑。老七叔一声不吭地做他的事情,想着心事。十几年没有在海上漂荡了,今天的各种感觉好像都不那么真切……小儿子笨拙地扯着网纲,脊背用力弓着,椎骨凸出,像一根要折断的陈旧的弓。他用手提起网浮,吃力地挣脱网脚缠乱的生铁环子。他的哥哥过来帮忙,使劲撅着屁股,一件又破又小的裤头儿正对着父亲的脸。他的腿怎么晒也不

够黑，白里显灰，从大腿根处，爬下来一条细细的青脉管儿……

老七叔喊一声："扯松一些，浪涌会把网扣儿摆弄好。"这样喊着，他心里却在想，委屈了两个儿子：长到这么大，没有好好地吃上几顿鱼！他们亏了算是生在海边上，就因为父亲胆子小，没有鱼吃。有一次，他在芦青河汊子里捕到几条泥鳅，放在锅里烧一烧，让小兄弟俩争得打了起来……老七叔把目光从儿子身上移开，看船后漂起的一道好看的塑泡网浮子了。

流网布好之后，他们按海上的规矩在一端竖一杆做标志用的小黑旗子，就往回摇船了。

大海正在落潮，浅滩的地方，需要他们下来推船。父子三人将船推在浅滩上，一时不想到岸上去。他们仰躺在浅水里,水将金色的细沙子扬到身上。太阳把一切都烤热了,水流温和地从他们的身上和身下通过,像一双双又软又小的巴掌轻轻地摸过来。老七叔已经很久没有过这种体验了。他兴奋地活动着胡须,让鼻孔里喷出的气冲

开漫到脸上来的水和沙子。

当他的目光转向东北方向时,脸立刻就绷紧了。在一片水雾后面,隐约可见一个黑影,像天上的两团乌云落进了海里。黑影越来越大,那是露出潮面的一个暗礁:像一条搁浅的巨鲨。

老七叔闭上了眼睛。他像自言自语,又像说给儿子听:"曹德就死在那里。那就是黑鲨洋。自古就是险地方,也是个出大鱼的地方。那一次死了好几个人,淹死、冻死,还有吓死的……我想有一天在那儿栽我的袖网。"

两个儿子盯着父亲的脸,没有说话……

傍黑的时候,他们要去拔流网了。

涨潮了,风也大起来,船在海里颠簸着,两个年轻人直跌跤子,胳膊和腿跌上了青紫的印痕。

老七叔脸上挂着水珠，阴沉着脸摇橹。他见小儿子趴在船头上，就用一只手举起一个铁钩，钩到他的腰带上，将他拉了起来。他说："这已经是不错的天气了。这还不算打鱼。"

流网上系的小黑旗子被风吹得摇晃着，像在召唤他们这条船。两个年轻人刚看见小旗子，就吐了起来。天突然有些冷，兄弟两个身上起了鸡皮疙瘩，使劲缩着身子。一只海鸥在他们头上大笑起来，笑得十分欢畅痛快。

老七叔两只脚像粘在了甲板上。他想起了十几年前的一次出海。那时候他还是个壮汉，什么都不怕。可那是最后的一次出海了，几乎给他留下了永久的遗憾。

那是一个冬天的早晨，他，还有两个老头子，

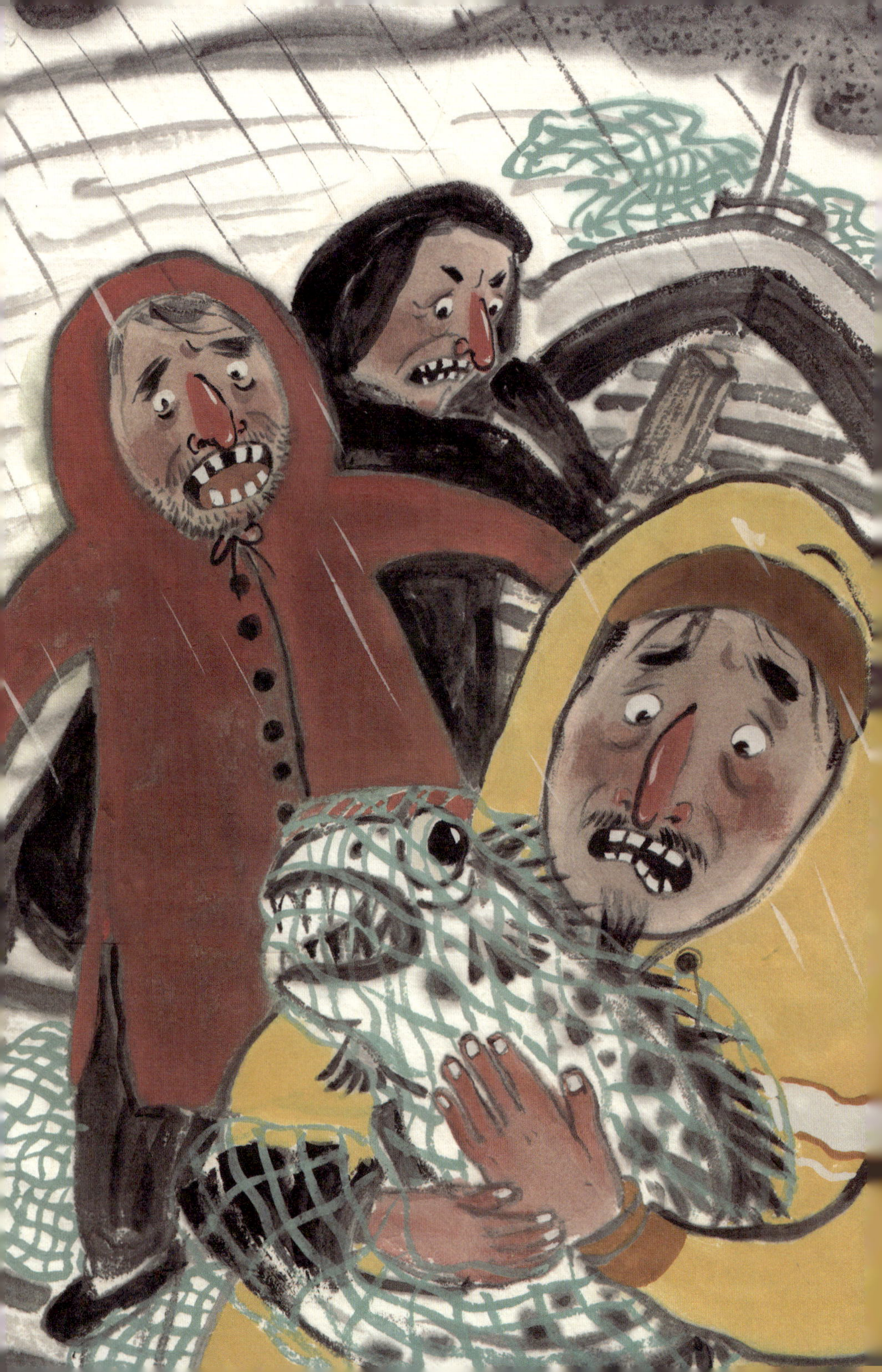

一起去取最后一个流网。他们穿了棉衣,上面都套一层雨衣。涌很高,可是没有多少惊险的浪。水花在船的四周拍散了,发出欢笑似的声响:"哈、哈哈哈……"船上人都听惯了这种海的冷笑,若无其事地坐着……开始拔网了。这网不久就会在屋角里烂掉,反正是最后一次出海了,他们都懒洋洋地做着活儿。

突然间,他们拔出了一条身上生了黑斑的特大家伙。毫无准备,一时慌了手脚,找不到木棍。他记得这个特大家伙在船舷上蹭了一下身子,蹭掉了几片五分硬币那么大的鳞片,就凶猛地跳了起来。它跳得那么高,实在让人惊奇,如果身上没有缠上网丝,他准跳到海里去!他是用两只手把它抱住的,就像抱着一个胖胖的娃娃那样。但

他明白这是个老家伙了。他给它脱了网丝。他和鱼离得很近，它那么凶恶地看着他，牙齿咬出了声音。它的嘴巴张开来，使他闻到了一股令人厌恶的腥臭气味。就在他喊着船上的两个老人时，这家伙在他怀中拧起来，将他拧倒在甲板上，然后跳起来，跳到海浪里去了……

这最后一次出海，不能不说是十分晦气的。

老七叔摇着船，还在懊悔着十几年前的事。他后来想过失败的原因，他知道坏就坏在那是"最后一次"。人人做事情都有最后一次，可你别想这是哪一次，这样才能将锐气凝聚在十根手指上，再愣冲的大家伙也休想从这样的手中逃脱掉。

"小黑旗子……流网到了！"小儿子嚷着。

老七叔的眼睛圆圆地睁起来："舱盖打开！"

他嚷着,放下橹柄,两腿叉着站到甲板上。

流网慢慢拔上来了。凉鱼、偏口鱼、燕鱼,用嘴巴衔着网丝,摆动着雪亮的尾巴。三个人高兴极了。老七叔嘴里发出"啊、啊啊"的声音,

一边摘鱼一边咕哝："……凉鱼死在'夹'上，偏口死在'钩'上——这东西嘴巴像钩，钩到网丝上就跑不了！看看，这是黑皮刀鱼，这东西气性大，一碰着网眼就气死了……小心那条鲅鱼！它的嘴狠……"老七叔太兴奋了，胡子上也沾着闪亮的鱼鳞。他现在看不出鱼的大小，他被这第一次收获激动得眼睛迷蒙起来。

兄弟两个，一边摘过鱼，一边将流网再放到海里。小儿子两腿叉开，但不敢站到船头上，常常跌倒。他跌倒的时候，鱼就趁机跑掉。老七叔又焦急又兴奋地放尖了声音喊着："哎！哎！"

网贴着船舷往上滑去，好像流网是从船底生出来的一样。老七叔后悔船上得太急促，让船靠网时背了流！他怕船底划破渔网，就拼力地用橹掉着船尾巴。这时有一个黑黑的东西从水中慢慢钻出来,像打足了气的黑胶胎那样光滑滑的、圆鼓鼓的。兄弟两个惊呼着,看出那是一个大鱼的脊背!大鱼离水了,闪出了白肚儿,"咕咕"叫着,狂跳起来。

老七叔立刻扑上前去,可惜船剧烈地簸动一下,将他掀倒了。他一边爬起来一边喊:"用手指!别用胳膊……"兄弟两个果然在用胳膊,搂紧了它,又用拳头砸它的头颅。老七叔爬起来时,大鱼正割破了小儿子的皮肉,怒气冲冲地跳到了浪涌里去。

"应该用手指。"老七叔蹲在了甲板上,声音低低地、亲切地说。他觉得十分可惜。他想这条船上该有一个人,该有曹荠!曹荠第一次进海就懂得

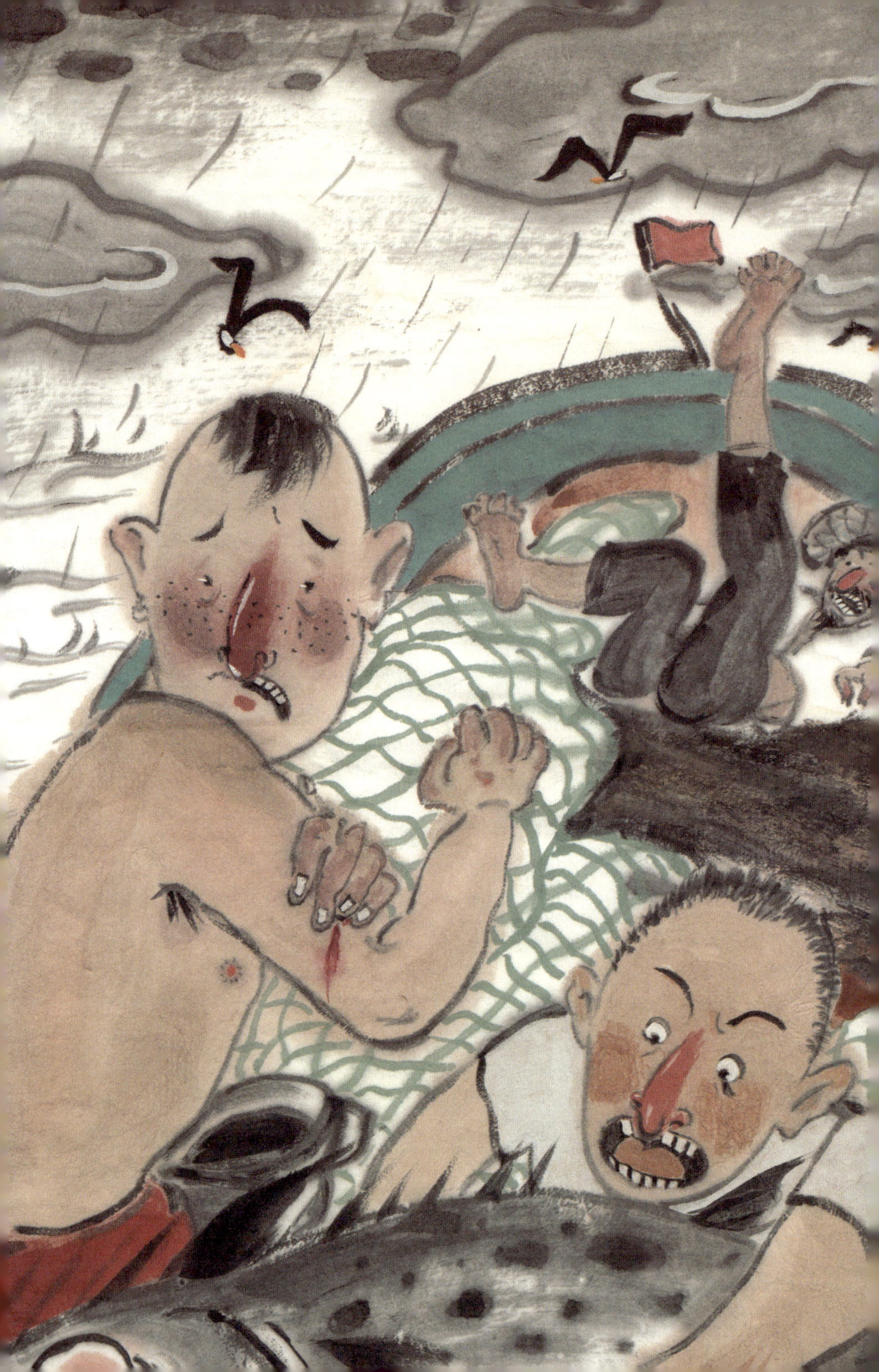

使用手指,在几秒钟内用木棍击中鱼的脑壳。

这条船上真该有个曹莽啊。

三

曹芬睡了一个好觉。他已经几夜没有睡好了。醒来时,他首先听到的是海潮的声音,想到的是那条船。他早知道老七叔和两个儿子把船推到海里去了,夜里就为这个失眠。

他睡不着时常想老葛的话。他那天没有听明白,因为中了风的老船长说话含混不清,再加上不住地咳嗽。但他看清了那一副涨红的脸庞,看清了满脸抖动的黑斑。老船长显然在生着气。不过他不明白老人为什么生气,也不敢问。如果说曹芬在这海边上还有害怕的人,那就是老葛船长了。他也怕过父亲,不过父亲现在已经管不着他了。

老葛退休回来的时候,村领导曾经建议曹莽接他到家里一起住。曹莽虽然怕他,却把他看成父亲一样的人。他去请他,老船长却怎么也不离

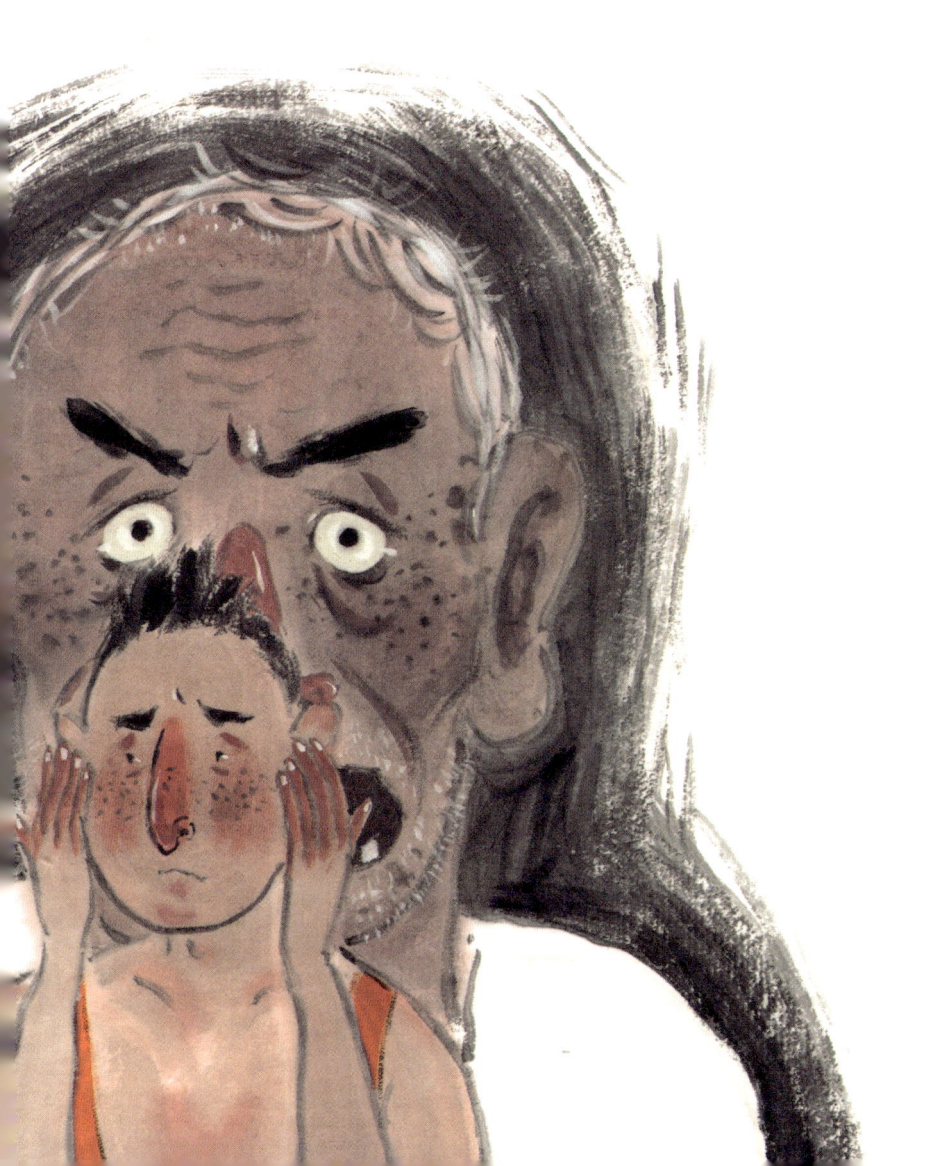

开那间屋子。他含混地喊着,用黑色的花椒拐杖捣着地,用力地摆手。曹荛见他果断而坚决地拒绝了,也就回到自己结实又宽敞的大房里了。

老葛的脾气实在太怪。村里人都不敢沾边,他也从不与村里人来往。他一个人种点菜蔬,闲下来就躺着看书。人们说:他一辈子没有娶老婆,又是在海上度过的,脾气怪异是很自然的。由于曹德和他的特殊关系,所以曹荛总要礼节性地去看看老船长。这就使大家也用奇怪的目光看着曹荛了。

人们仿佛觉得敢于和那样一个老人来往的小伙子,也必定多少有些怪异。实际上曹荛和老人很少感情上的交流,他自己不愿说话,老船长也不愿意吱声。老船长有时说很少的几句话,他也听不明白。过节时，他送去鸡、苹果，老船长只用拐杖指指窗台，让他放在那儿。

曹芬眼下可以说来到生活的岔路口上了。村子里近年来很活跃，人们都在雄心勃勃地做事情。可是他还没有认准做什么。上不上船，事情的确太重大了。他需要琢磨老船长的话，更需要自己拿个主意。他十九岁了。

早上，他茫无目的地从房子里走到街上。天还早，人们都在街头上站着。他故意将头低下来，看着自己的腿和脚。走了一会儿，他又将脸扬起来，让阳光照在这张粗糙的脸庞上。他的神气很拗，这点儿大家都看出来了。

有人突然喊了一句什么，接着大家都向一个方向望去。曹芬见有个人背着霞光走过来，看不大清,仔细些瞧,才认出是老七叔。原来他肩上扛了一根又细又长、弹性十足的竹竿,竿子的末梢拴了两条胖胖的鲈鱼。老七叔故意将竹竿根部扛在肩上,让拴了鱼的竹竿拉出一个可笑的大弧。

曹荞愣怔怔地看着那对漂亮的鲈鱼。他知道这是老七叔刚捕来的。街道两旁的人用嫉羡的眼光看着他和鱼,他却只顾按紧了竹竿往前走去。

老七叔并没有看到曹荞。曹荞被吸引着,跟在他的后面走着。

他拐过几道巷子,站在了一个小屋子跟前。曹荞愣住了:这不是老船长的家吗?……他眼盯着老七叔取下鱼来,两手高高地托起,推开门走了进去。

老葛船长唯独这次没有躺着看书,而像有过什么预感似的,端坐在小院子正中的一个大草墩上,身后,是一株威风的铁皮榆树。他见了捧鱼进来的老七叔,高兴地摩挲着手中的黑花椒拐杖。

"老船长!老七进海了……两条鲈鱼,不成

敬意！"老七叔半蹲着，样子十分严肃。

老船长微笑着点点头，让老七叔将鱼放在他身边。

老七叔说："过去买不得船，如今行了。怕个什么？我偏要把这条船开进海里……"

老莴瞪圆了黄色的眼珠，费力地活动着身子，样子十分激动，连连说："嗯。嗯。你！……"他说着大咳起来，脸色涨得紫红，一道道皱纹和疤痕又抖动起来。

曹莽一直站在门口，这时不由自主地跨进门来。

老七叔高兴地招呼他，老葛却像没有看见来人一样。

老葛请老七叔留下喝酒，老七叔同意了。他提着鱼就要去收拾，随口对老船长说了句："让曹莽也留下喝酒吧！"谁知一句话出口，老船长竟站了起来。他费力地往前跨一步，用拐杖敲了一下曹莽的腿。曹莽胆怯地叫了一声"葛伯"，但一动没动。

老葛继续用拐杖敲着曹莽这两条腿。他敲得很认真，不轻也不重。他从大腿处敲到腿弯，像要验证点什么似的，最后将拐杖收起。他愤怒地

嚷起来:"你!……咳咳!咳……"

"葛伯,我……"曹莽尖利的目光盯住老船长黄黄的眼珠,大着胆子喊道。他的两条腿像两根石柱,硬硬地拄在脚下的泥土上。

老船长的眼睛也盯着他。老人的嘴巴张开了,又显露出那两枚半截却不甘躺倒的牙齿。他满脸的深皱活起来。从脖子到胸膛有一道斜划下来的伤痕——曹莽好像第一次发现了这道伤疤,见它抖动着,闪着亮。曹莽慌乱地退后一步,嗫嚅着,扭过脸去走了。

老七叔提着鲈鱼,一直不解地站在那儿……

曹莽走了,他出了一身大汗。

走近海岸,他又看见了那条船——两兄弟正光着脊背在上面砸着什么。他避开船,到远一点

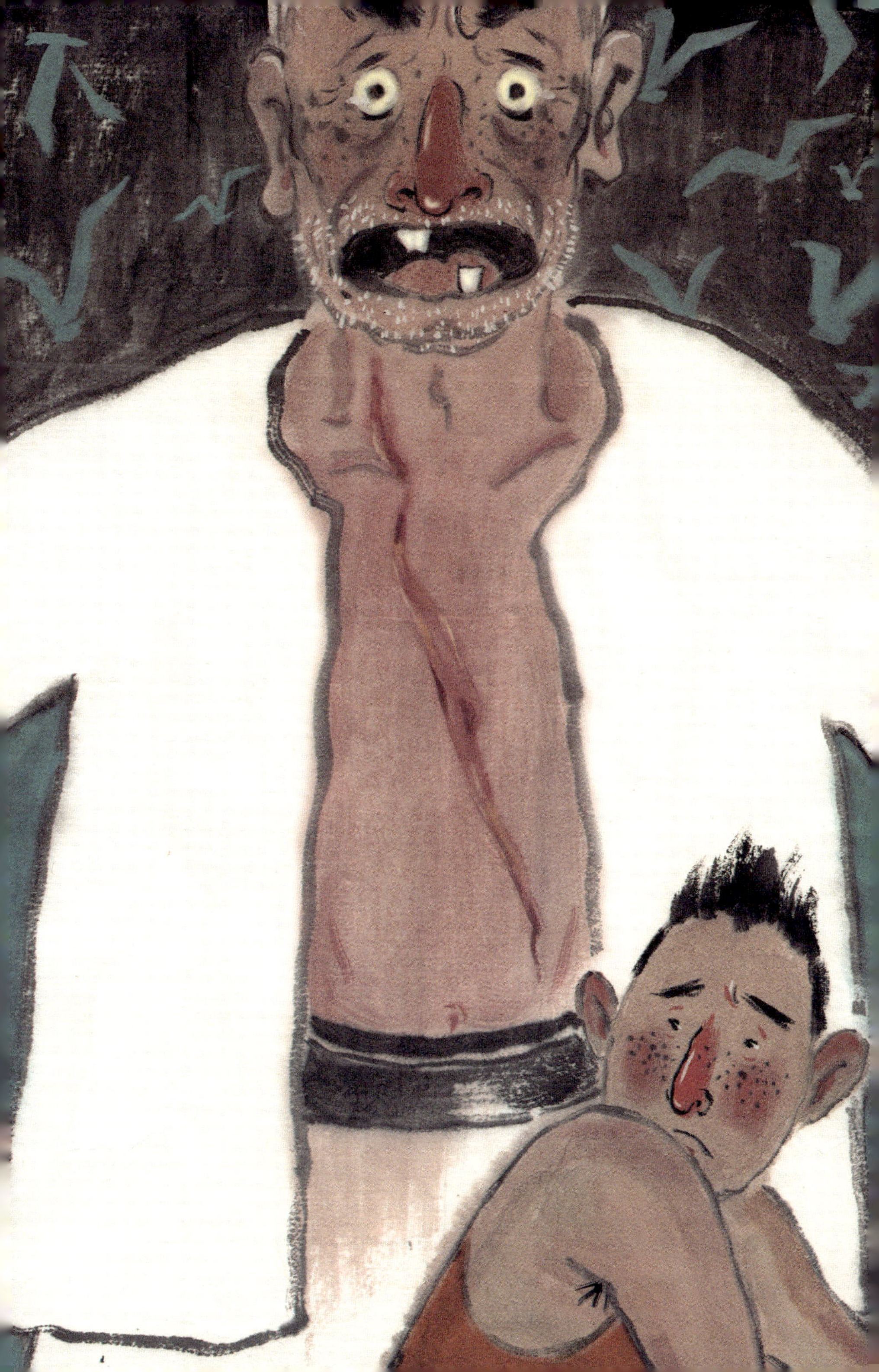

的地方脱了衣服。

他跳进海里，游得很深、很远，然后爬上岸来，沾了一身沙子。太阳晒干了他的全身，全身都渗出一层油样的东西，闪着光亮。他把手捂在脸上，泪珠儿顺着手指缝流出来。他狠狠地抹干了眼泪，坐起身来，望着东北方黑黑的海水。黑鲨礁神秘地藏在一团雾气里，他盯着，咬了咬牙关。他的父亲就死在那片黑色的海水里了。

他还记得父亲的模样。他长得很瘦小，脸色蜡黄，说话的声音很低。他是公社船队的总指挥，说一不二，人们叫他"小霸王"。他把很小的曹荠带到海上去，半年之后，曹荠就能离开船游到很远的地方去了。有一次小曹荠跟上一个舢板去查网，舢板被浪掀翻了，他就"失踪"了。四天以后,父亲才从一个小小的礁子上找到他。父亲自豪地对别人说:"这个孩子再也淹不死了。"曹莽很小就知道自己这一辈子交给大海了,读书也不用心,只想早些回到海上。

老葛从老洋里回来,第一件事是找父亲喝酒。父亲说话时,任何人都得闭上嘴巴。可是老葛说话时,父亲总是很用心地听。老葛的个子也不高,可是满身都是横肉,年轻时曾经跟海盗打过架,杀了三个海盗。父亲每一次送走了老葛,回头都对曹莽说一句:"全村里就出了这么一个英雄。"

可是后来,曹莽恨老葛了。那是一年秋天,父亲淹死不久。老葛从老洋里回来了,红着眼睛,就睡在曹莽的家里。白天,他找到几个辣椒,把曹莽父亲留下的酒全喝光了。夜里,曹莽想念父亲,呜呜地哭,惊醒了老葛,他就给了曹莽一拳头。曹莽大概忘记了他曾杀死过三个海盗,竟然像个小豹子一样猛扑过去……结果是挨了更重的一顿拳头,曹莽趴在了炕上。尽管老葛酒醒之后十分

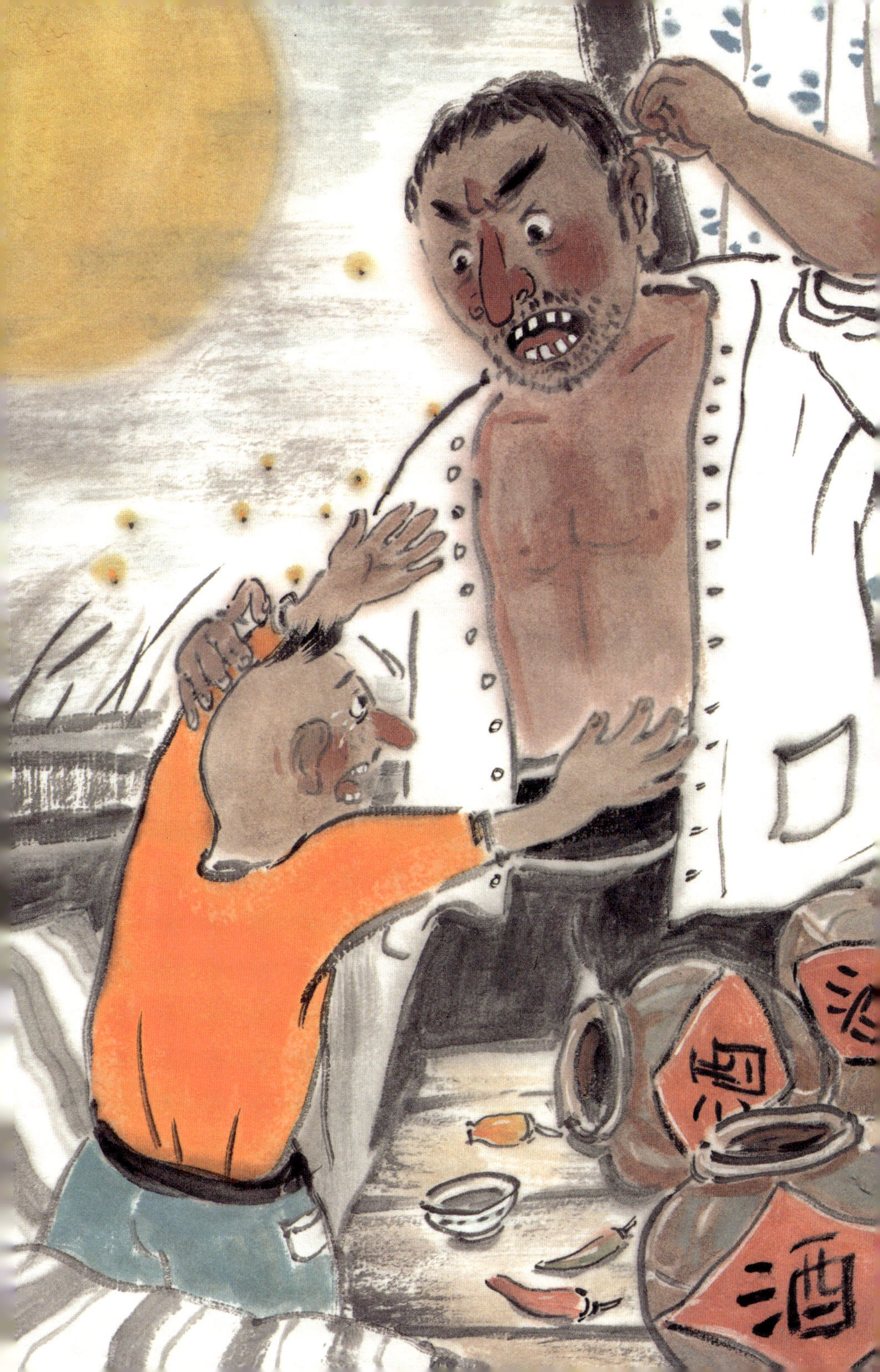
酒

后悔，曹莽还是恨着他。

当时曹莽只有九岁。老葛临出海的前一天晚上对曹莽严厉地嘱咐道："以后再不准哭！好好念书，至少念完高中！学费我按月寄给你，吃的用的也跟我要，我就算你爸了！"

老葛果然按他说的做了。曹莽长大了。他对老葛还存有一丝怨恨，但更多的，却是一种莫名的惧怕。大约就是从父亲死的那天起，他和海边上的人一样，开始疏远大海了。

他疏远了海，却没有忘记海。浪涛声日夜响着，谁也不可能忘掉它。大海像个谜，解不开；大海像匹烈马，永难驯化！父亲死在黑鲨洋里了，可父亲不能不说是条硬汉子；老葛船长中风败下阵来，嘴里只剩下两颗半截牙齿，可他杀死过三个凶猛的海盗，也不能不说是条硬汉。曹莽长壮了，长高了，却不信自己能超过前两条硬汉。他就是这样想的。

所以，他犹豫着，上不上老七叔的船。

眼下他感到委屈的，是弄不明白老船长的话，老船长却对他发了那么大的脾气！第一条船哪，诱惑力实在是不小。他从老船长抖动的嘴唇上，知道老人有很多话要说。老葛就是这样怪异的脾气，这怪异中主要就是霸道。曹莽又想到了小时候吃过的恶拳。海浪呼呼地涌上岸来，泡沫溅了他一身。无数的大涌耸动着肩膀，炫耀似的靠到岸边来了……曹莽用力抓紧了手中的沙子，又狠狠捶了一下自己结实的腿，站起来，穿好衣服，大步往前走去了。

他有些愤恨地想：为什么非要弄明白老葛船长的话不可呢？自己十九岁了，自己的主意呢？他回身望着海滩上一串串深深的脚印，站住了。他在心里说：我可以不超过前两条硬汉，但我怎么就不能成为第三条硬汉？！

四

老七叔的船上，终于有了曹莽。

这个初秋将会长久地留在海边人的记忆里。他们十几年前告别了船帆，心头滞留的欲望和惆怅又被一条新船搅动起来。老七叔和强健如牛的曹莽合伙搞一条船了，这条船带着一股可怕的生气冲入人们的生活中去了。多少年来，人们已被教训得像些腼腆的小媳妇，看到果断刚勇、一往无前的男性的强悍，那种惊讶确是非同小可。

老七叔的两个儿子见到船上有了曹莽，比老七叔还要高兴。曹莽沉着脸不说话，单是那粗糙的、黑红色的面庞就给人以力量。他们都相信曹莽是不会怕海浪的。

开始的时候,船仍旧在浅海里放流网。每次的收获都差不多。鱼不太大,也不太多。带鱼几乎没有了。捉过两条海狗鳝鱼,两天后从船舱里拿出来,它们还会撩动尾巴。这是生命力最强的

一种鱼。大头鱼永远是笑眯眯的样子,擒到甲板上,还兴奋地晃着大头颅。没有诱人的鲈鱼,也见不到身上生了灰斑的、出水时像一把大片钢刀一样的鲅鱼。老七叔每一次拔网时都遗憾地摇头。

他们还试着撒过小眼网,结果网上来那么多小鲇鱼、沙拱子,还有一团一团的海草。这些差不多都得重新还给大海。老七叔说:"我要到那个地方栽袖网去——这盘网让我花去了几千元。大鱼遇上它,就像入了迷魂阵!……不过这东西经不得大风,六七级风就得取网,也怪麻烦……"

曹荠望着那片黑色的海水,没有作声。

老七叔压低了嗓门:"要捉大鱼,非上那个地方不可。"

曹荠点点头:"明天,把袖网装到船上去吧!"

第二天，船张了帆，果真向那片黑色的海水驶去了。

这片神秘的海域！这片藏下了无数可怕的故事的海域！此刻它是碧蓝碧蓝的，没有一点波澜。它是透明的，像溶化了的、但仍然浓稠的绿色结晶。没有破碎的浪花，船是在柔软光润、丝绒般的质料上滑动。这里的气息也不像浅海那样腥咸，倒有一股特异的清香。太阳就在不远处微笑，她仿佛变得可以亲近了。在这里，她的手掌不会是滚烫的，不会在那一个个黝黑的打鱼人的脊背上揭皮。这里吹动的的确是九月的海风，船没有颠簸，人可以不眨眼睛。

由于曹莽一路上没有讲话，老七叔也不作声。他的两个儿子互相对视着，用力压抑着心底的兴奋。很快看得清那像鲨鱼似的怪石了，风开始凉爽一些。落在礁上的海鸟尖叫着。船体常要莫名其妙地微微震动，船上人终于能觉出湍急的海流了。

他们很快开始下底锚了。这些巨大的铁锚就是袖网的根，大风来时，取走袖网，却依然留下它的根——风过之后，袖网很快又系在这些根上了……老七叔做活时咬住一个空空的烟斗，他要说什么，都用鼻子"哼"出来。这时他用烟斗指指海里：三个年轻人都看到在新栽的网浮旁边，一条小鲨鱼腼腆地游着……

曹荞一声不响地做活。他整天都是紧绷着脸皮的，抖索、下锚，都是用牙咬着嘴唇，发出"嗯、嗯"的屏气声。他的脚蹬在船舷上，船被他踏得浑身震颤……四个人不停地干了多半天，太阳偏西时，袖网栽成了！

……

老七叔的船闯到黑鲨洋里了，村里人都面面相觑。可是很快的，他们又齐声惊叹起来。

崭新崭新的船，鼓胀着白帆，一次又一次向东北方驶去，他们在那儿，将走进"迷宫"里的鱼不断装进船舱里！这简直有些神奇了。黑脊背的大鲅鱼、黄鱼、白皮刀鱼……都乖乖地给运到岸上来。村里人啧啧地咂着嘴。

他们不知道四个人是怎样搏斗的。

船驶进那片黑色的海水。四个赤裸的脊背在太阳下闪光，从网上摘下的鱼也在甲板上闪光。鱼蹦跳着，死命挣扎，用尖尖的鳍割破他们的脚背。这里的鱼大，力气也大得惊人，特别是刚闯到网里的，要摘下它们来简直就是一场拼杀。老七叔咬着一个空空的烟斗，他前边就是曹莽那两条粗黑的脚杆。网丝水淋淋的，不断勒到这腿上，这腿动都不动，真像两根生铁柱。曹莽可以一口

气拔上十二托网,腰都不直一下。大鱼用尾巴拍他的脸,他用拇指和食指钳住鱼鳃,按到甲板上。大鱼锉刀般的牙齿发狠地磨动着,咬不到曹荠的手指,跌到甲板上,就用力咬穿了另一条大鱼的肚腹。曹荠常在两兄弟的惊呼声里将大鱼踢进船舱。

甲板上满是鱼血、鳞片和黏糊糊的液汁。老七叔的小儿子有一次跌倒,让船舷磕掉一颗牙齿。老七叔的烟斗不知何时甩到海里去了……

一直收获到中秋时节,他们没有取过几次网。

中秋之后,风凉了,涌大了,取网躲风的次数也渐渐多起来。四个人累得腰都要断了,每个人都明显地消瘦了。老七叔甚至真想让袖网闲息一段。但风过之后,他们还是将网系到根上了。

正像好多打鱼人一样，他们本来是要等更多的大鱼，可是他们等来了一场灾难。

这一天并没有变天预报，老七叔斜倚在铺子外边的油毡纸上吸烟。他是在磕烟斗时瞟了一眼天空，发现了一片奇怪的云彩。他立刻跳起来，呼喊着曹荠和两个儿子去海里取袖网。

网很快要取上来了，天还没有黑。可是西北天空变得那么紫，老七叔看了看，手都有些抖动了。偏偏剩下的一截儿网拖不上来——急流不知何时竟将坚牢的网根移了位，网脚勒在乱礁上了！当老七叔弄明白这一切，脸上立刻渗出了一

层冷汗。他犹豫了一会儿,抹掉脸上的汗珠说:"割网吧……"

扔掉半截子袖网,心太狠了些!曹莽摇摇头。

黄昏即将来临了。两兄弟说:"莽弟,再不走,要挨上风了。"

曹莽咬着嘴唇,两眼死盯住变黑了的海水,沉着脸说:"挨上吧。"

老七叔暴跳起来:"你这个黑汉!割网走船!"

曹莽还是沉着脸。

老七叔使个眼色,两个儿子突然拦腰将他抱住了。曹莽愤怒地大叫一声,叉开两腿,一下子将他们摔倒在甲板上,接着翻身跳到水里。不知过了多长时间,他从水中露出脑袋喊:"我爸爸就死在这上面,这就是那片乱礁!"他说完乌黑的头发在水中一闪，不见了。

老七叔的两个儿子哭起来。老七叔喊："住嘴！"

后来曹莽又在水上露过两次脸，但并没有上船。他再一次潜下时，水面上有一道血水。老七叔见了，赶紧跳下水去。

两兄弟喊叫起来，声音里透着无比的恐惧。

住了一会儿，曹莽终于浮上来了。他周身带着血口子，身边的水立刻红了。老七叔也浮上来，一把将曹莽拉到船边。两兄弟和父亲把曹莽放在了甲板上。他身上的血口子深深浅浅，多得数不清，还在往外流着血。两兄弟把他血糊糊的腿伸开，看到左脚被什么咬掉了一个脚趾，腿肚上，是黑乎乎的一个肉洞。

老七叔流下了眼泪。

他用嘶哑的嗓子喊道:"割网!走船!"

曹莽还想爬起来。可是他正要伸出手和两兄弟争刀子,昏了过去。

网割断了。船往回开去了。老七叔告诉两个

儿子:"网真是勒到乱礁上了。曹莽身上的血口子是礁上的蛎子皮割开的。他可能还遇见过鲨……"

黄昏来临了。巨涌一个紧连着一个出现了。

老七叔不断向两个儿子呼喊着,可大海的呼啸淹没了他的声音。船体好像陡然落到了狭窄的巷子里,水的墙壁,柔软而可怕的墙壁,随时都有可能坍塌。他们的船在挣扎。他们听见了船的骨头在"咕咔"地响着。后来,他们不得不将一个流网抛到海里,拖住摇摆的船……

岸上有人为他们点起了大火,他们可以看到在火边活动的影子了。两兄弟奋力扳橹。老七叔喊着:"瞪起眼来,别让船横了!……"

大火离他们只有半里远了。两兄弟兴奋地呼喊起来。老七叔却一动不动地伏在甲板上听着。

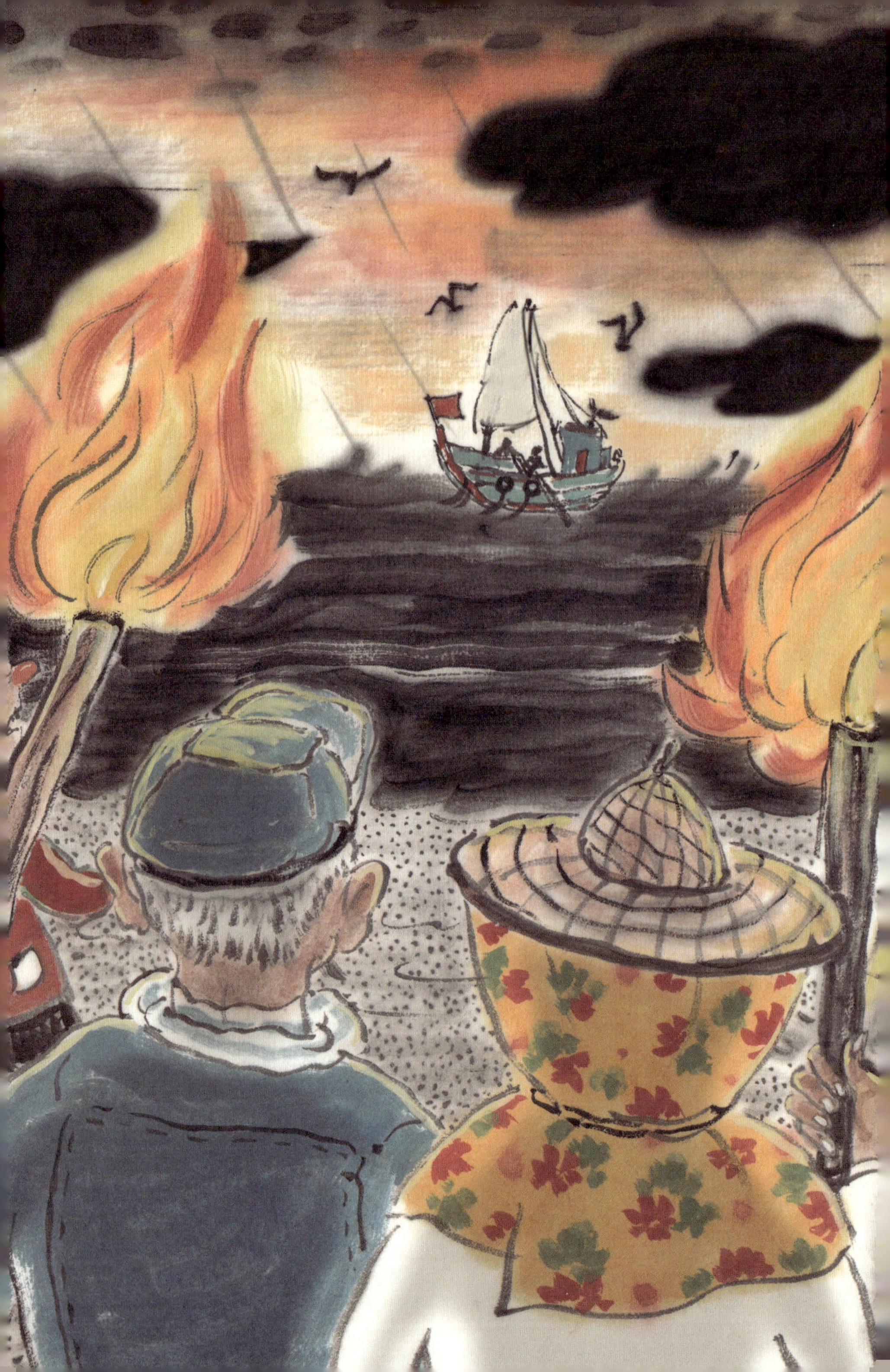

他听到了"呜——噗!"的声音,绝望地说:"海边有'瓦檐浪'。坏了,靠不了岸啦!"……

五

老葛的病几天来加重了。人们都到他的小屋子去，看他大口地喘息。他不喜欢人，可他已经没有力气赶走别人了。

这天傍黑的时候起了罕见的大风，海水出奇地响。人们突然记起了老七叔的船，就跑到海边上张望。

老葛一个人蜷曲在小屋里，昏昏地睡去了。睡梦里，他跟一条巨鲨打了一架，他赢得很险，折了一条腿。醒来后，他用力扳着那条腿，扳也扳不动。那是属于中风后不再灵活了的另一半身子。他想这是鲨鱼给他咬折的——那条凶狠的家伙,他是用拳头把它打败的,敲碎了它的脑壳!老船长费力地张大嘴巴呼吸,一个人在黑影里笑着。

他突然听到一种奇怪的声音。这声音好大,又是时隐时现的。他用力听了一会儿,听出是大海的咆哮。他在心里说:"这家伙又在发脾气!这家伙又在叫了!"他竭力要爬起来,可总也没有成功。跌倒几次,他最后还是坐了起来……屋子里空洞洞的,人们都走了。他猛然记起人们在这儿议论过船,然后就一齐跑走了。他终于听出了"瓦檐浪"的嘶叫,伸手去摸索黑花椒拐杖。他刚一动,就重重地跌到了床下。可他还是伸出手掌去摸索着……

海岸上,人们还在往火堆上投着火柴。天渐

渐亮了,船还是没有靠岸。船上的人奋力挣扎了一夜,随时都可能被大浪吞噬。可他们还是不让船"横",不让船靠近"瓦檐浪"——这种浪会把船抛起来,再重重地甩进浪谷深处。岸上的人

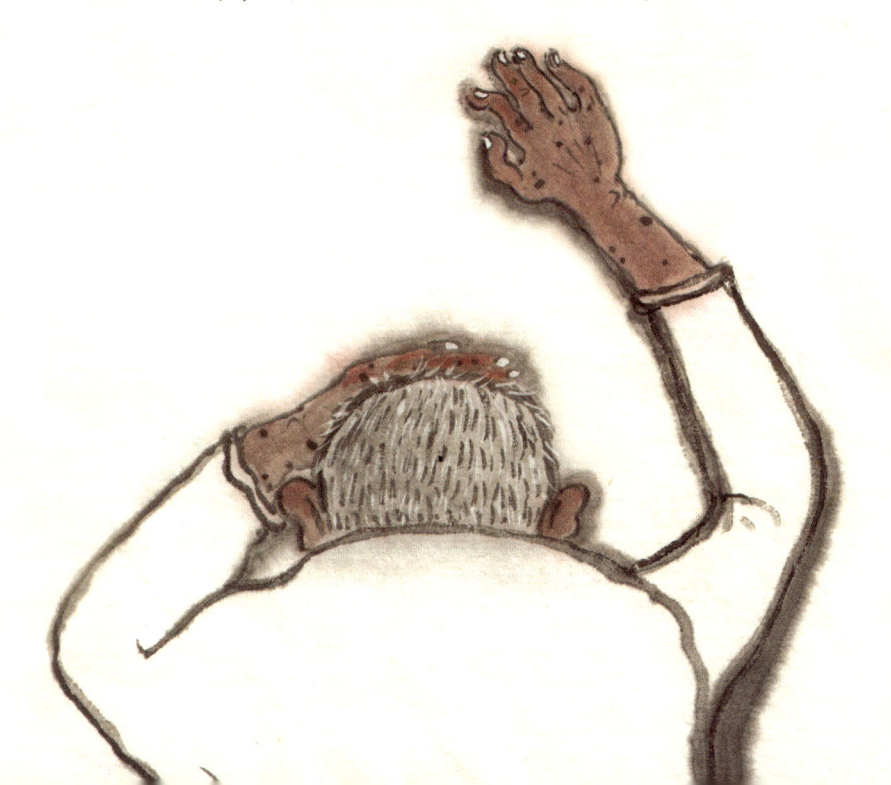

们喊叫着，嘈杂的声音里充满了恐惧和焦灼。

与此同时，正有个黑影子缓慢地朝火堆这边移动着。

由于他走得很慢，所以天大亮时才来到火堆边上。大家一看，大吃了一惊——老葛船长！有好几个人不信似的看着他，往后退开两步，惊呼起来。这个不久还躺在床上喘息的人，怎么会一个人摸索到海滩上来！

这真像有神力帮助他一样。大家一时说不出话，只是一起瞪圆了眼睛看着他。他走得真是费力极了，两手挂着那个黑花椒拐杖，一点一点往前挪动。他的小黄眼睛亮得吓人，不看任何人，只盯着海浪、盯着那条挣扎的船。大家上前搀扶他，他定住似的一动不动；再要去拉，被他厉声

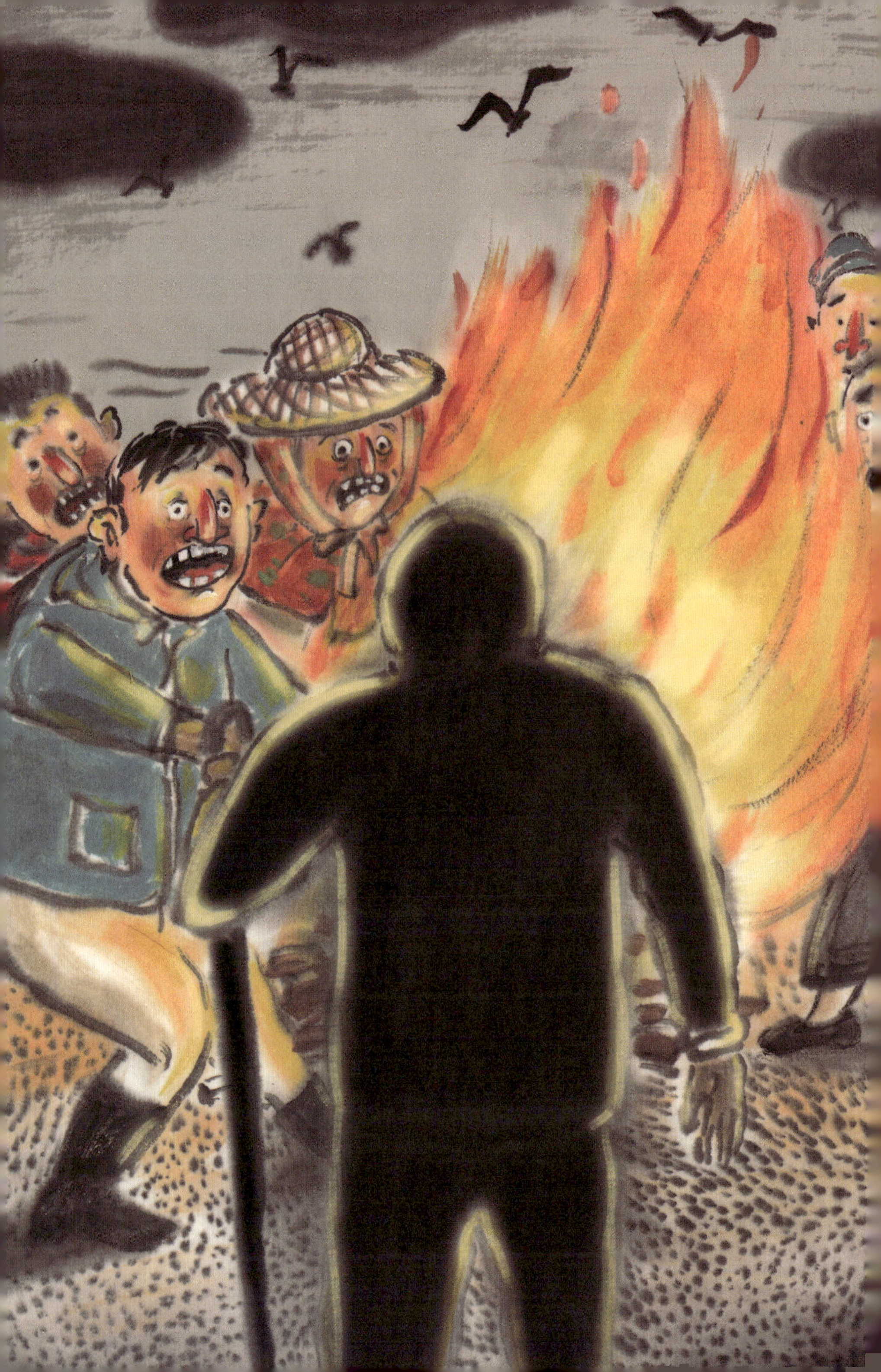

喝退了。

"你！啊啊哦……咳！咳咳……"

老船长向着大海吆喝起来，这声音大得简直不像他喊的。他的脸又变成紫红色了，衣怀敞着，一条又长又亮的伤疤让所有人都看到了。

船上老七叔向岸上喊着："老葛船长——老船长……"老葛大吼起来，钝钝的声音像打雷。好几个围在他身边的人胆怯地退开了。他吼叫着，两手举起拐杖，举得高高的，然后猛地往怀里一拉。

船上老七叔看得真切，命令两个儿子："拔流网，把网拉上船来！"

老葛又吼起来，一边跺着脚。他将拐杖费力地顶、顶，横到左肩前边，然后再往右前方奋力一推。

船上老七叔又命令儿子:"快,把船尾巴拨北一点,用橹,下狠力……"

老葛船长又向西走了半步,同时两手握住拐杖根儿,往西捅着。他一边呼喊,一边把拐杖拄起来,费力地向西挪动着。

这段时间，所有人都一声不吭地看着老船长。他们谁也不明白老船长喊叫了些什么、比画了些什么，只是惊惧地、钦敬地望着他。

海中的船往西，斜压着浪涌，十分艰难地驶去。

人们也背起老船长，向西走去。

船到了芦青河入海口停住了。河口处，扑向海岸的浪涌没有遇到浅滩的阻力，那"瓦檐浪"竟小好多！大家一下子全明白了。

老七叔指挥着儿子，艰难地将船往岸上划。船是向着河与海的交角处往上来的，刚一驶近，几个壮小伙子就冲上去，帮着把船推了上来……

老葛船长这时却松脱了手里的黑花椒拐杖，倒在了河滩上。老七叔抱着一身血渍的曹莽，伏

在了老人身边，大声地呼唤着。所有人都叫着"船长"和"葛伯"……老人紧闭着眼睛，仰躺着。大家第一次凑近这个老人，看到了大大小小、不同颜色的疤痕。

海浪在轰响。曹荠睁开了眼睛。他看到了躺倒的老船长，从老七叔怀里爬了下来……老船长终于也睁开了眼睛，他把手放在了曹荠血淋淋的腿上，声音极其微弱地咕哝着什么。曹荠眼角流出了两滴晶莹的泪珠。老七叔告诉了曹荠受伤的经过，老船长嘴角似乎有一丝微笑，对曹荠点点头，又点点头。老七叔转脸对曹荠说：

"老船长眼里……你是一条硬汉了……"

曹荠抹去了泪水。他这会儿心中一亮，突然像是明白了老船长，明白了他以前那些话。

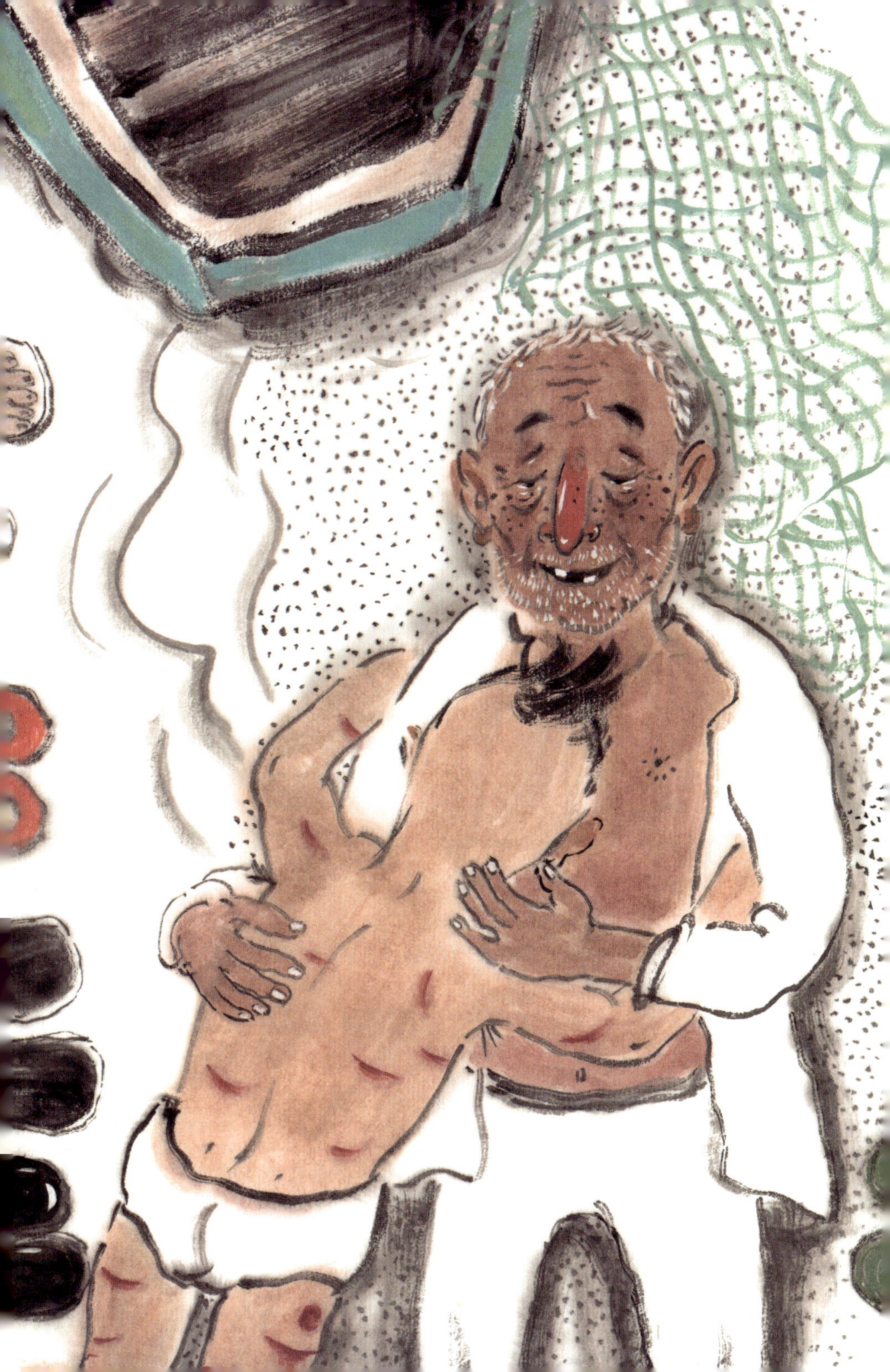

他转过脸去，久久地向黑鲨洋望去……他看着岸上的船，崭新崭新的一条船。不过它会在某一天被浪打得粉碎。不过——曹莽想——还会有第二条、第三条……船！

老七叔背起了老葛船长。他让小儿子背起曹莽，大儿子拿着老人的拐杖。所有人都跟上他们往前走去了……

1984年1月于郯城